YBY KÛATIARA
UM LIVRO DE TERRA

ellen lima wassu

URUTAU
2023

editora Urutau

rua dr. manuel pacheco nobre, 128, 5 esquerdo
2830-080
barreiro (setúbal)
portugal

rua do cajú, 478
jardim das cerejeiras, 06724-015
cotia-sp
brasil

[+351] 928053619 [portugal]
[+55] 11 9 4859 2 426 [brasil]

www.editoraurutau.com
contato@editoraurutau.com.br

[EDIÇÃO]
debora ribeiro rendelli
tiago fabris rendelli
wladimir vaz
[REVISÃO]
marcella sarubi
[IMPRESSÃO]
iverso
[ISBN]
978-65-5900-579-6

sumário

ND' ORO SYKYÎÉ NDE SUÍ. A Î MONHANG KÓ OKA — ALÉM MAR

[111] conjugação

[112] [não se assustem com a cobrança]

[prefácio]

Poética do desaprender

Algo se mexe na poesia. E na língua que falamos, esse português malhado, pintado de muitas cores, atravessado por rios-raízes subterrâneos, as outras línguas que, simultaneamente, desconhecemos e reconhecemos como nossas. A nossa língua, bem sabemos, é estrangeira de muitas formas, assim como a poesia também o é. Octavio Paz dirá que "o poeta não ouve uma voz estranha, sua voz e sua palavra é que são estranhas: são as palavras e as vozes do mundo, às quais ele dá novo sentido". E se é próprio da poesia e das línguas se mexerem é porque seu movimento é o movimento do que vive.

Dito isto, anote-se que é essa energia que serpenteia, voa, salta em *Yby kûatiara – Um livro de terra*, de Ellen Lima, trabalho poético singular, no qual as dimensões líricas e míticas se entrelaçam em tempos múltiplos e em muitas fibras de linguagem: da mata, do rio, do tempo da aldeia, do encontro consigo mesma e com a outridade e, claro, dessa nossa língua. Não por acaso o poema dirá: *muito viva/ Yby pulsa/dá cachos/se mexe/e recomeça* (...). É dessa pulsação que este livro está pleno. Da pulsação de línguas que se encontram, que se chocam, se entrecruzam, da poesia que é trabalhada das faíscas desse encontro. E bem poderíamos dizer que Yby é poesia no seu núcleo mais palpável.

Essa poética convoca-nos também a desaprender o que sabemos de nós mesmos, do mundo (ocidental) que nos cerca. Desaprender para aprender de novo, de forma diferente, talvez melhor, outras verdades que atravessam a história, desde aquela, guerreira, do povo wassu, povo indígena assentado na Zona da Mata de Alagoas, no Nordeste brasileiro, da qual a poeta é originária, até aquela outra que diz ser boa *a sensação de não ser gente*, a convocação de alteridades plurais tão cara às cosmovisões indígenas, que sabem que há coisas mais bonitas e importantes do que os valores do Antropoceno.

Nessa pedagogia do desaprender, que é sobretudo uma cosmopolítica, a voz poética de *Yby kûatiara* não poupa as interpretações culturais de temas caros à contemporaneidade. Questionando com fina ironia a pulsão de morte ocidental (de novo ela) e a problemática da colonização, que afirma herança o que é presença, que enterra e silencia palavras, nomes, culturas, como a dor de um pé machucado ao topar na pedra de uma calçada portuguesa. Como o que é, ou de onde vem o indígena, por exemplo, na conhecida canção de Caetano Veloso, "Um índio"; ou de que sonho se fala quando se fala em sonho, indagação que lança ao *Oráculo da noite*, livro de Sidarta Ribeiro: *Não é a minha revolução/Se eu não puder dormir.* A *Lisboa (re) vistada* só o é para que se faça tropeçar na carapaça de jabuti. Assim, este livro está ancorado fortemente na tradição política dos cantos indígenas de guerra, mas está também amparado pela elegância formal e de conteúdo dessa poética. Por outro lado, reafirma sua presença no mundo de hoje, sua urgência que se reinventa como linguagem, como construção de um devir, este que sabe que o futuro só é possível se se cobrar o que foi levado (saqueado) de volta. A poesia, como se disse no início, está viva e se mexe. Como as línguas. Seremos lambidas, devoradas por elas, ou não seremos. Salve *Yby kûatiara.*

Micheliny Verunschk
Escritora

CARTA DE GRAÇA GRAÚNA

Querida Ellen, irmãzinha de poesia e luta:

Peço licença, ao mesmo tempo que agradeço aos Ancestrais e Encantados por me guiarem até aqui e permitirem que eu exponha um pedacinho de mim nesta Carta. Não poderia ser diferente, pois escrever é sempre desafio. Então escrevo como quem faz o caminho de volta. Ao longo da jornada, o coletivo em mim apreende a importância de não "precisar mistério", como sugere o ser indígena da poesia que habita em *Yby kûatiara*, isto é, "Um livro de terra".

Alegra-me profundamente a "licença da mata" estampada no prólogo do seu livro. Nessa perspectiva, cabe ressaltar que é positiva a ausência do lugar-comum, do já visto que tende a negar a existência da voz indígena. Aqui, vislumbro as palavras de chão batido, pois cada palavra é rezo; cada palavra nos alerta para os princípios do Bem Viver que aguçam nossos sentidos acerca da presença de um eu-coletivo indígena em contraponto ao chamado eu-lírico ocidental. No seu livro, parente Ellen, a palavra se faz no acordo da

Terra com o Fogo e com outros elementos da Mãe Natureza: a Água, o Ar e o canto (en)cantado de diferentes gentes. E a propósito dos diferentes povos, a sua leitura de mundo nos aproxima do poder curativo da literatura escrita e cantada por Joy Harjo (escritora e multiartista norte-americana, do povo cherokee) ou das canções e letras de Milton Nascimento, a exemplo de "Nuvem cigana" que ecoa no poema "Ybatinga":

Grande quantidade
de minúsculas gotículas de água.
Temperatura, humidade e altitude
me desenham. Pó de água, poeira molhada,
movimento. Sigo Milton: Meu nome
é nuvem.

Nos seus versos é notória a estreita relação com a oralidade e uma das faces dessa relação transcende a modalidade falada. Não é à toa, que esse tipo de interação se alastra pelo território da alma-palavra, "de modo a se acender na gente" como quer o ser da poesia indígena. Um bom exemplo habita na "flauta yawalapiti [que] despertou o mundo". Nesse ritmo, o ser da poesia rebela-se e diz não à "urbe"; posto que vale mais ficar bem perto da terra e dormir numa rede, a ter que voltar pra cidade aglomerada de nefastos estranhamentos. Sigamos pelo direito de viver! A ancestralidade nos une.

Graça Graúna
(povo potiguara/RN)
Nordeste/BR, 13 de fevereiro de 2023

Nós reclamamos a injustiça, a calúnia, a pobreza
e a fome que a civilização nos trouxe.
Marçal Tupã Y

LICENÇA DA MATA OU PRÓLOGO

para Anuiá e Trudruá, irmãos ancestrais

antes (mas não no princípio) era o escuro
havia só gentes-lumes
que por
                gentileza e cuidado
            vagavam
        com seus lampos para espantar medos

apesar disso, era frio
veio o fogo

não sei precisar quem trouxe
(é bom não se atrever precisar mistério)

para cada um dos povos ele aconteceu de um jeito:

pelo sol
de dentro terra
na esperteza
da onça...

desde que há fogo, há tudo.
jaguar passa longe
comida é moqueada
canto é cantado diferente.

ouvimos e contamos mais histórias, de nós e de outras gentes. Somos mais juntos.

a poranduba* acontece porque o espírito fogo
(que não é nada santo)
se acende
de modo a se acender na gente

em volta da fogueira se sabe:
o que aquece ou queima é feitio da mesma chama.
pajé mostra o jeito de acender, cuidar, amansar a brasa.

* Expressão tupi: conversa, acontecimento, história.

depois do caldo de peixe no beiju
e das histórias sobre sol, tatá** se amansou.

nessa madrugada o espírito fogo voltou
brincou nos meus olhos, me esperou dormir na rede e
se
foi
na
fumaça

de manhã, a flauta yawalapiti despertou o mundo
tenho que voltar à cidade

pedi ao pajé permissão para levar fogo nos bolsos
o espírito fogo não quer partir, eu também não quero

ali entendi que luz não faz fogueira

luzes são coisas traiçoeiras que parecem muito boas por
sua brancura.

mas o branco
dispersou o círculo

** fogo

perseguiu o espírito fogo
tirou todas as casas
e todas as gentes de
volta da roda

entendi que gostava mais de fogo que de luz

luz branca tem espectro
fogo tem espírito
vida acontece na chama

de volta à cidade, faltou luz
percebi que a brasa fazia de querer me aparecer nas mãos
senti por um instante calor

acordo
em coro o bairro vibra

— “chegou a luz!” —
diz alguém soprando a vela

Voltamos todos para a escuridão
Ela tem a tez branca.

XE RETAMUSU PUPÉ
OU
DE DENTRO DA TERRA

*

as raízes
que puxam nossos pés
de volta pra terra
foram plantadas
por nós
ontem

as que plantamos amanhã
sustentaram o céu dos de antes

a lição é desaprender tempo
e contar terra

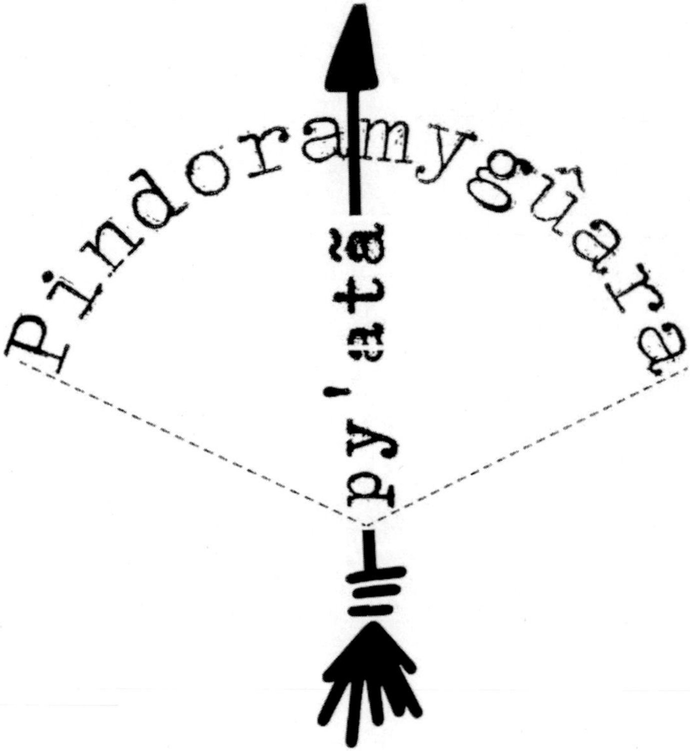

***

*** *Pindoramyguara*: Aquele que vem de pindorama. *Py'aatã*: Corajosa, coração duro.

acordar

como terra nascida
me acordo

como ser
os primeiros passos
mata me respira
água me flui
raiz me nasce
pássaro me voa
rio me corre

vida me existe
sou ser

apesar de humano

rapé

m

i

m

em

pela eu

força de

do pé

chão um

nasceu

zuza

acordo com as araras fazendo gritaria no terreiro
— ela acorda com o sol —

Do outro lado, a Serra da Torre reflete e afirma
a extensão do Cocal em nosso corpo-território

na mesa, cuscuz, café e caju

no sol escaldante da manhã, nos sentamos na cozinha
pra conversar com as galinhas
e com o gato
tirar urucum pro coloral
e preparar almoço

ela anda pelo terreiro com as gentes de lá
tira ervas pro chá
e amanhã
vida de novo

da janela dela
conheci que gostava mais de mim.

coração de bananeira

muito viva
yby pulsa
dá cachos
se mexe
e recomeça
de dentro
do meu
pé coração

*

estamos escrevendo os livros que deveríamos ter lido
estamos retirando palavras do chão batido
estamos acordando canções ancestrais,
raiva e amor contido
por amor a nós mesmos
gentes

não de Primeiro Mundo,

mas de Mundos Primeiros.

direito a literatura

antes, muito antes, já desejava publicar poesia
mas sobreviver era a ordem do dia

me calei.

*

no silêncio da pele de papel
a poesia anuncia
que nenhuma voz será silenciada
nas peles da história
a terra tem memória

e também sabe escrever livros em português.

tamyîpagûera

lugar-me-ei onde antes
territoriou-me a alma
povoo-me de minha gente
que se lugareja
na resistência da história

entre ferida e memória
sonhos

acordo honrando o que ancestra
convocando a alma
a identitar-me de mim

brincadoras

poesia às vezes se aparece ao redor
palavra bonita dá de ventar nos ouvidos
como se esperando para ser apanhada
e soprada em pele de papel

é bonito letra se dando feito fruta
embelezando feito flor
faz sentido e calor dentro

não é sempre

quem acorda corpo ancestral em luta
com território sitiado e alvo no meio da testa
sabe que são tempos difíceis
para fazedores de brinquedos com palavras

quando a palavra brincadora se aparece
convocando a criar utopias

riscando galho no chão
ou desenhando nas estrelas

eu brinco

horas assim
Kunumĩ
recordo estar humana
e muito viva.

reencantar

animar
encantar
entonar espírito,
retomar fonte
renomear

nomes não são vencidos

cuidar de chamar alto
escrever em pedra
certidão
televisão
livro

acordar sentidos

insistir em reencantar palavras de chão batido.

desamordaçar
desamarrar
desenterrar
re-teritorializar
a origem

para enterrar as falsas nações.

desaprendências

esquecer o aprendido,
aprender de novo
o que se pensava saber
a verdade não é ocidental
a ideia de normal
é um deserto de ausências.

a desaprendição
distraída ou com atenção
pode acordar o ser.

kyriñ

na Serra da Barriga
orixás e encantados
conversam em voz alta
com crianças, cachorros
e cigarras

cada palavra é rezo
quem está por perto
— e presta bem atenção —
aprende a ouvir vozes de barro

kyriĩ II

som de silêncio
é kyriĩ
gûyrá' ĩ cantando
kururu coaxando
árvore dançando
noite sendo

só se pode anoitecer com noite sendo.

mar-é

îasy cheia, maré baixa
água recuou-se ao horizonte

Aproveito seu retiro
para andar por cima do mar

feito o tal deus
ou feito um caranguejo

é boa a sensação de não ser gente

*

alma é gente solta
    que corre solta na mata
        e só.

*

não é educado
ficar bisbilhotando
mas quem resiste espiar
folhas se conversando?

a poética
é o pé, a
a poeira
a passagem
A poética é aquela
que passando não passa. Só é
o pé de tudo na poeira passada

mar-é II

isso de oceano que ora chega
ora some da praia
essa coisa que îasy faz
com as águas do mundo
(e que revira as de dentro)
isso que é raso e profundo

isso é mais bonito que gente.

nova mpb

duvido que um índio descerá
por uma estrela
ele vai brotar do chão.

oráculo da noite

não é a minha revolução
se eu não puder dormir.

kunhã mboîa (uma biografia)

quando criança
brincava e comia
tudo que movia
no chão

certo dia amigou-se
de uma falsa cobra-coral
depois de brincar
a comeria
deu-se a confusão sem igual

a mãe gritava
a vó rezava
o pai pegou o facão
pra dar cabo daquela
que supostamente a ameaçava a vida

mal sabia o pai
que era a menina uma ameaça à cobra

... tempos ...

lembro-me ainda hoje
com simpatia e respeito
das cores e do jeito da finada
temos muito em comum:
gostamos de andar bem perto da terra

e trocamos sempre de pele.

gûatá

O futuro caminha na mata fechada de ontem.

nossos espíritos estão enterrados

todas as vezes que tentaram nos matar
nos deixamos enterrar
para descansar, preparar as guerras
e deixá-los acreditar que venceram.

sua arrogância não entende de raízes.
não sabem que viemos e continuamos a vida do subsolo.

mandioca,
tatu,
minhoca

e língua

vivem bem debaixo da terra
feito semente

é no entre afetos
do vermelho terra e do preto subsolo

que a vida
se sente segura e firme
pra reviver

tudo no chão tem outro nome.
Esperando ser chamado.

yby gûyry-bo
i tyb kûarasy iké
Îa-îkobé.

*

aprender a ver céu no chão:
neblina também é nuvem.

*

linha de expressão:
terra fazendo raiz no rosto.

*

leva o teu tempo na carapaça do jabuti

insiste

não sucumbir a nenhuma hora inventada.
só tempo da transformação existe.

mais nada.

mynas

mynas não são montanhas
serras não são gerais
há que se relembrar o seu nome
e dizer mais alto que as máquinas
que o minério mais precioso do solo
é a terra.

tolo de ouro

quando uma mineradora explora a terra
pode até parecer
que é no solo o buraco
mas o buraco é na gente

é o nosso corpo-terra explorado
nossos corpos-água contaminados
nosso sangue-rio transformado
em lama tóxica

no garimpo não é diferente
mercúrio no rio
mata o rio
gente bebe essa água
e o mercúrio mata gentes

é o nosso rio-corpo envenenado
em nome de pedra preciosa
que coisa de ouro

Pode ser mais valiosa
do que vida de gentes?
qualquer vida na floresta importa

ouro mente
precioso é semente
natureza não é recurso
é gente.

*

língua não morre.
re
em
canta

*

com as mãos limpas de barro
eu cavo
encontro palavra no chão
então grito
por direito, por dever, por amor
e bravo
Sou memória anunciando tempo
o mais bonito
o agora.

kurupira

passo de ida é caminho da volta
andar pra frente com os pés virados pra trás não é folclore
é futuro.

*

não somos herança, somos presença.

´y sy

margem do lago
força da água
em mata fechada
meu corpo de rio
se move

a beira d'agua
espelho se mostra

afasta!

minha forma
não te informa
de você

eu canto canções de amor
pra a mata
e pra mim

força pescadora
carrego sem miragens
homens distraídos de si
força buscadora
procuro essência

e

afogo imagens.

Só narciso tem medo de sereia.

nota de pesar

prestamos reverência
a todas as entidades
de rabo de peixe
que foram capturadas
e servidas em prato nacional
como acompanhamentos
de folclore

nossas condolências
às barbatanas presas nos lixos
nas borrachas, alumínios e plásticos
caídos da última queda do céu no mar

firmamento

nasceu na periferia
música incidental
menino metido a besta
que se pensa ocidental
pintado de anil
com rezo de encantaria
vai se chamar brasil
esse pobre rei
de coisa nenhuma.

*

nação inventada
(sob o sangue das nossas)
não podia ser pensada
como nação

devia ser enterrada.

*

estrada de ida
é caminho da volta

no silêncio

todas as estradas
começam
 dentro.

acaso

tudo que envolve encontro
é encantado?

noite branca

tentaram se olhar nos olhos por alguns segundos
mas o estrago colonial desses séculos todos é tão grande
que não conseguia entender se tinha sentido
a energia de um bom encontro
ou se estava presa na magia ruim de um fetiche

Feitiço e fetiche parecem palavras iguais no português.

*

segurar firme na ventania das emoções
ser meu próprio abrigo
todo sentimento é visita
chega
deixa
passa
só eu fico.

*

por destino ou senso de dever
vivia pousando e partindo
existindo singela e imensamente
no presente
amando muito
e se despedindo.

ybatinga

grande quantidade
de minúsculas gotículas de água
temperatura, umidade e altitude me
desenham. pó de água poeira molhada,
movimento sigo milton: meu nome
é nuvem

construir trilhas para o antigo

E caminhar nelas.

*

algumas línguas me orbitam
converso
só uma língua me habita
confesso

meu íntimo não fala português.

*

como um poeta romântico
ou como peixe em piracema
me lanço na água
sem medo de morrer
e repetir

não há mais para onde ir
apenas para onde voltar

a gûatá.

*

confiar mais no mistério que no medo.

nd' oro sykyîé nde suí. a î monhang kó oka
(ou)
além-mar

s-era

reclamo meu nome
enterrado vivo
em cemitérios forjados por livros
que não escrevi

reclamo minha gente
colocada ausente
de seu rosto-terra

se o espelho não mostra
espírito reflete resposta
são gentes daqui

reclamo meu terreiro
no teu mapa recortado
no meu corpo sou inteira
e madura

reclamo meu corpo
revestido de piso

aqui por baixo, certeza
sob pedra portuguesa
nunca morri

e mandei avisar que estou viva.

passeio

outro dia
topei
o dedo
do pé
na pedra
da calçada portuguesa

dói muito.

poeira do saara

dia desses
um deus pagão desceu à terra
não sei se ámon ou tupã
chegou no vento dizendo
— vamos ter um deserto sobre
nossas cabeças nos próximos dias

em cores vivas, contou que não
se declara a morte de civilizações
reclamou da guerra, dos vinte e oito países em conflito
declaradamente bélicos no mundo
e também dos outros — que não declaram

reclamou também das guerras de antes
revoltou-se em poeira [alaranjada]

e disse que
de tempos em tempos

retornará
ao céu europeu

só pra mostrar aos
grandiosos castelos
e conventos seculares
que antes de tudo isto
era pó.

*

outra noite tive um sonho
desaprendia português
cantava em abanhe'enga
alguma canção de acordarmentos
levantei conhecendo palavras
que desengavetam sonhos ancestrais
palavra encanta mundos

então eu canto
a nhe'eng

py'atã

coração,
invenção ocidental?
uma voz de terra ensinou
que amor
é carregar a raiva no fígado.
nas mãos.

tombados

cruzeiro
padrão
obelisco
pelourinho

                                        opressão

lisa ou decorada
manuelino, coríntio,
rococó, motivo floral

                                        parece arquitetura

mas é castigo concreto.

canibalismo

acho graça dessa gente
que todo domingo
come um pedaço do corpo
toma — simbolicamente — o sangue de cristo

e depois o canibal sou eu

o tal cristo deve estar só pele e osso.
porque ninguém admite
que ele deve ser o prisioneiro
mais antigo da igreja católica
apostólica
romana

em noites de comer prisioneiros
os kaetés têm mais respeito pelos seus inimigos.

almada

retira
ou retiro-lhe a palavra
disse a herdeira colonial
com seu martelo tradicional
da branca salvação

por aqui
palavra é insulto

monumentos não.

queda

o céu de plástico
caiu sobre os mares de lixo
e agora
procuram xamãs na internet
para evitar o que se sabia

Ninguém quer segurar nada além
do seu saco de mercadoria.

braga romana

é dia de festa na Bracara Augusta. Barracas, cenários, roupas e comidas remontam e celebram o império romano. sinto-me inquieta. a terra se move debaixo dos meus pés. reconheço seu pulsar ressentido — e não é para menos —, parece que ninguém escuta, há muitos séculos. Esse país deslembrou suas pessoas de como escutar chãos.

do primeiro andar, sussurros. desço até a calcada portuguesa e o chão de braga, em uma língua de lamentos, murmura e reclama, contando aos meus pés que suas histórias e encantados foram soterrados, moídos e esmagados pelas ruínas do império romano.

da sé ao sameiro
inventaram que quem veio primeiro
foram os imperadores

e não os semeadores da terra

desde então, tenho conversado com seus ancestrais. embora não falemos os mesmos dialetos, entendemo-nos muito bem, posso ouvi-los com os ouvidos que meus ancestrais emprestaram aos meus pés. Ontem mesmo, disseram-me que vocês não sabem mais a sua língua. Contaram-me também — muito aborrecidos — das pomposas festas que as pessoas dessa cidade preparam todos os anos para seus invasores romanos.

civilização, violência e invasão no mesmo verso-século. contam-me seus chãos e as bruxas guardiãs que vocês não lembram mais os nomes.

todo chão tem passado
ruínas não inauguraram história
há que se escutar a terra para voltar ao futuro
no presente.

*

fingir que não sou
um corpo-continuação
daqueles que seus ancestrais
cruzaram o atlântico
para matar

fingir
que me sinto sempre segura aqui

penitências

todo dia
o som do sino
da catedral de braga
chateia

pobre metal
condenado a anunciar
a ficção do tempo
e chatear as eternidades.

padrão dos meus descobrimentos

quem atravessa o mar
é pra pegar de volta
pra retomar o nosso
o ancestral mandou buscar

quem atravessa o mar
é py'atã de enfrentar
de mostrar cara
fazer movimento
desmentir a falácia estúpida
de descobrimento

e nomear:
genocídio
invasão
matança

e dizer ao colonizador
nos seus jogos, andanças
eu não sou o seu irmão

e não tem mal
não ir para o seu céu
só na sua religião
caim mata abel
por essa liturgia cristã
repito,
não quero ser sua irmã

quem atravessa o mar
é para apontar
afirmar a falência do ocidente

se atravesso o mar

é pra desaprender o português
me desbatizar da igreja de vocês
me deseducar da escola
me desocidentalizar do mundo
me ancenstralizar pelo fundo do chão

eu não volto pra minha terra
eu sou a terra

mundo é território ancestral meu.

manuais escolares

na sala de aula
um rapaz exibe orgulhoso
sua borracha branca
de apagar nomes
e histórias

o menino muito gentil
também empresta
para toda a classe
suas canetinhas coloridas
de pintar invasores genocidas
como heroicos descobridores

sua caixa de lápis só tem uma cor de pele
entretanto muita variedade em cores de sangue
das ex-colônias

ixé îagûara

cuidado como toca
quando tenho raiva
eu avanço

laudo técnico

pela sua lógica,
talvez tivesse percebido
que os portugueses,
aqueles, os de verdade,
estão extintos.

não há naus em seus portos,
suas roupas não se parecem com os trajes
que usavam no dia das invasões.
são brancos,
mas devido a ondas migratórias,
e miscigenações violentas com mulheres das ex-colônias
muitos deles
são agora um pouco mais bonitos

também perderam sua língua
não falam mais como camões
alguns até se envergonham dos dialetos
e quase todos só sabem fazer talks em inglês

por que a continuidade branca nunca é questionada?
se compartilhamos o tempo
por que estaria eu "extinta" e eles não?
se o único lugar que aqui me cabe
é morte ou extinção
eu declaro extinto o povo português

e tratem logo de inventar sua nação

*

i’m done
com so much,
pra inglês ver.
evertything tem que ser
talked in English?
self-linguistic colonization
or falta de autoestima?
i’m done
com so much
puzzle
darling
and thank you very much
somos tão proud
pela suposta língua mais bonita
e seguimos falando ainda
que hoje vai haver um talk
e não uma conversa
i thougth that to be universal
we should be clear to all

and quem says
que todos speak in English?

eu falo muito bem a sua língua
e algumas outras
but I prefer
Xe nhe'enga
a minha.

*

lusofonia
perdão os maus modos de falar
meu brasileiro
acabou engolindo
mais português do que devia.

desviagens coloniais

desde que cheguei a esse mundo
que pode ter sido o segundo
ou um terceiro
percebi que meu mundo
o primeiro
é o que habita a maior parte de mim
desviando de seus passos-progresso
desses movimentos reversos
eu sigo.

calceteiros

eu quase morro de dor e raiva
quando me enfiam pedras e palavras portuguesas
com intenção de fazer calço para um chão
de passados mal resolvidos

revisitada

não quero nada
já disse que não quero nada além
de tudo de volta
não me venham com conclusões
a única conclusão é deixar morrer
a civilização
e reconstruir trilha e clarão
pela mata

não me tragam estéticas
não me falem em moral
seus sistemas desconexos
das gentes-terra
me enfileiram conquistas inventadas
não me enfileirem conquistas
de modernidades forjadas
no sangue do outro
esfolado no açucar
ardido de sal

moderno sou eu
de ciência, arte e civilização ancestral

que mal fiz eu a igreja romana?

se tem a verdade, desaprenda!

sou humano, mas só sou humano nesta ficção de humanidade
fora disso sou árvore, com todo direito de ser árvore
com todo direito, ouviram?

ó céu azul
o mesmo da minha aldeia
ó macio tejo
grande ancestral emudecido
por caravelas de gentes
empobrecidas sem florestania
ó magoa secular revisitada
em monumentos
colonialismos de outrora e de hoje!
nada me dais, tudo me tirais
mas não os deixarei em paz

até que eu não mais seja
então eu tardo
carapaça de jabuti
eu sempre tardo.
e ao meu tempo
e enquanto perdurar
violência e silenciamento
quero estar coletiva
em estado de terra.

conjugação

o seu verbo descobrir
não conjuga
o encoberto

*

não se assustem com a cobrança
não queremos nada além

do que tudo

de volta.

Ellen Lima Wassu

é pirá, poeta, bicho, rio, árvore, vento, mata atlântica, água, raiz, espírito e semente. Ela também é gente humana, poeta, professora, investigadora que atualmente faz doutorado em Portugal e vive com corpo e espírito circulando pelo Atlântico cheia de amores e saudades. Publicou em 2021 *Ixé ygara voltando pra 'y'kûá* (Urutau) e integra, entre revistas literárias e outras coletâneas, a obra *Volta para tua terra* (Urutau, 2021), uma antologia de poetas antifascistas e antirracistas em Portugal. Sua prática relaciona arte, poesia, crítica, escritas ensaísticas, bons encontros, banho de rio e conversa com flores.

PRIMEIRA EDIÇÃO
BARREIRO/COTIA
NOVEMBRO
MMXXIII